CATALOGUE

DE

DESSINS ANCIENS

DES ÉCOLES

ALLEMANDE, FLAMANDE, HOLLANDAISE
ITALIENNE & FRANÇAISE

DONT LA VENTE AUX ENCHÈRES PUBLIQUES AURA LIEU

HOTEL DES COMMISSAIRES-PRISEURS

SALLE N° 7, AU PREMIER ÉTAGE

Le Samedi 9 Mai 1868

A UNE HEURE PRÉCISE

Par le ministère de M° **QUÈVREMONT**, Commissaire-Priseur,
rue Richer, 46,

Assisté de M. **VIGNÈRES**, Marchand d'Estampes,
rue de la Monnaie, 13, à l'entresol; entrée rue Baillet, 1,

CHEZ LEQUEL SE DISTRIBUE LE CATALOGUE.

PARIS
RENOU & MAULDE
IMPRIMEURS DE LA COMPAGNIE DES COMMISSAIRES-PRISEURS
Rue de Rivoli, 144.

1868

CONDITIONS DE LA VENTE

L'ordre du Catalogue sera suivi.

Les Attributions, Notes et Indications de l'Amateur ont été suivies.

La Vente sera faite au comptant.

Les Acquéreurs paieront en sus du prix d'adjudication, CINQ POUR CENT, applicables aux frais.

(2F 5c)

DÉSIGNATION

ÉCOLES ALLEMANDE & FLAMANDE

1 BERGHEM. Ane et deux Pêcheurs. Sanguine.

2 BLAREMBERG. Portrait de la Margrave de Bareuth, sœur de Frédéric II. (Beau portrait de femme, crayons noir et rouge, coiffure poudrée et couronnée de fleurs.)

3 BOTH. Paysage, Ferme. 2 dessins à l'encre; cheval conduit par un garçon. Sanguine, 3 p.

4 BREEMBERG. Paysage à la pierre bleue.

5 CUYP (A.). Cavalier. A la plume et encre.

6 DIEPENBECK. Bénédiction papale. A la pierre d'Italie.

7 DYCK (École de VAN). Henriette d'Angleterre en Diane chasseresse. Crayon noir.

8 DYCK (École de VAN). Trois Enfants de condition. Crayons noir et rouge.

9 ÉCOLE ALLEMANDE, XVIe SIÈCLE. Un Soudard. Plume et encre.

10 — Réunion de Seigneurs en armes. A l'encre de Chine, très-fin.

11 ÉCOLE ALLEMANDE. L'Empereur Maximilien. A la plume, signé R.

12 EVERDINGEN. Paysage avec pêcheurs. Crayons rouge et noir.

13 HACKERT (VAN). Paysage. A la plume; effet d'hiver.

14 HEM (DAVID DE). Orange et ses fleurs. Belle aquarelle.

15 HEYDEN (VAN DER). Intérieur de forêt. Crayon. — Château au bord d'une rivière. Sanguine. 2 p.

16 HOBBEMA. Paysage. A l'encre de Chine.

17 JORDAENS. Chasseurs fantastiques. Aquarelle.

18 KABEL (VAN DER). Port sur une rivière avec fort et fabriques, relevé de couleur.

19 KESSEL (VAN). Paysage. A l'encre de Chine.

20 KNOOP. Une Ferme. Grande aquarelle.

21 KOBELL. Bestiaux au repos dans un beau paysage. Au bistre.

22 KRUGER. Études de Paysans. Au crayon noir. 3 p.

23 LOUTHERBOURG. Passage du gué. Esquisse relevée de couleur à l'huile.

24 — Vache, Chèvre et Moutons. — Ane et Moutons. 2 grandes aquarelles.

25 MATHAM, 1630. Chasseur avec Chiens et une biche morte. A la plume sur vélin.

26 MEER (EGLON VAN DER). La Marchande de rubans. Crayon sur vélin.

27 MOUCHERON. Vue de Bruxelles. A la plume, teinté de couleur.

28 NEER (VAN DER). Paysage. Au bistre.

29 NETSCHER (C.). Vertumne et Pomone dans un parc. Croquis, mine de plomb.

30 OS (VAN). Vaches. Crayon noir. 2 dessins.

31 OSTADE. Le Passage du Savetier. A la plume.

32 — Intérieur avec buveurs. Aquarelle.

33 OSTADE (École d'). Vieillard près du feu et autres figures. A la plume, lavé d'encre.

34 OVERLAET, *fecit*, 1763. Le Coup de couteau. A la plume, imitant la gravure; d'après Ostade, 1653.

35 PESNE (J.). Stanislas, roi de Pologne, et sa femme. Crayons noir et blanc.

36 REMBRANDT. Jean Huss, en pied; Étude de Femme en pied. 2 croquis à la plume.

37 ROOS. Étude de Béliers. Sanguine.

38 RUBENS. Croquis de deux Anges et un Lion. Sanguine.

39 RUYSDAEL. Paysages. Mine de plomb. 2 p. (Attribuées).

40 SCHONGAUER (MARTIN). La Pentecôte. A la plume.

41 SNEYDERS. Une Chasse, relevée de couleur. Grand dessin.

42 SWANWELD (H.). Paysage. A la plume.

43 TERBURG (G.). Jeune Fille. Mine de plomb sur vélin, dessin très-fin.

44 — Promenade sur l'eau. Crayon noir.

45 TILBORG. La Tentation de Jésus. A la plume.

46 UNDERKOTTER. Dindon faisant la roue. Bistre relevé de couleur.

47 VANLOO (C.). Tête de femme. Étude sanguine.

48 VELDE (A.-V. DE). Anes et Laitière qui trait une vache. A l'encre de Chine.

49 WINANTZ (JEAN). Paysage. Au bistre.

ÉCOLE ITALIENNE

50 ANDRÉ DEL SARTE. Délivrance d'un prisonnier. Au bistre.

51 — Académie de Femme accroupie, vue de dos. Sanguine.

52 ANDREA (École d'). Portrait d'Homme. Crayon. — Anges apparaissant à Abraham. Sanguine. 2 p.

53 CAMPAGNOLA. Paysage montagneux. Croquis à la plume.

54 CANALETTI. Seigneur en pied. A l'encre.

55 CAVEDONE. La Vierge au rosaire, adorée par des Saints. Vigoureux dessin au bistre.

56 CERQUOZI (MICHEL-ANGE). Bataille. A la plume.

57 CORRÉGE (A. ALLEGRI, dit). Le Père éternel soutenu par des anges. Au bistre.

58 ÉCOLE FLORENTINE, XVIe SIÈCLE. Un Trouvère.

59 — Portrait de M. Ficin. A la plume.

60 ÉCOLE FLORENTINE. Saint, croquis. A la plume.

61 ÉCOLE VÉNITIENNE, XVIIe SIÈCLE. Personnage de condition. Esquisse à l'huile.

62 GIROLAMO GENGA. Un Enfant nu. Sanguine.

63 GUARDI. Deux Hommes devant une maison. Au bistre. — Deux Mendiants. Sanguine. 2 p.

64 IMOLA (VINCENTIO D'). Portrait d'Homme. A la plume.

65 **JORDANO** (Lucas). Supplice de Marsias. Croquis à la plume.

66 **LÉONI** dit le Padouan. Jésus tenu par un saint. — Tête de Femme. Croquis. 3 p.

67 **MANTEIGNE** (École de). Une Sibylle. A la plume.

68 **PERIN DEL VAGA.** Mars. Vigoureux dessin au bistre. — Saint Sébastien. Croquis sanguine. 2 p.

69 **POMPEO BATTONI.** Portrait du cardinal Piccolomini. — Étude de têtes. 2 croquis.

70 **PONTORMO.** Sainte Famille avec Saints en adoration. Plume; lavée de sanguine.

71 **RAPHAEL** (d'Urbin). Paysage. A la plume, sous verre.

72 **RAPHAEL** (École de). Les trois Anges d'Abraham. Au bistre.

73 **RIBERA.** Saint Jérôme. Au bistre. Autre, à la sanguine. 2 dessins.

74 **ROMAIN** (Jules). Combat des Centaures et des Lapites. Vigoureux dessin au bistre.

75 — Ornements avec figures. A la plume.

76 **SALIMBENI.** Sainte Madeleine ravie au ciel, et autre. 2 croquis à la plume.

77 **TEMPESTE.** Bataille de Cavaliers et de Fantassins. Grand dessin au bistre, sous verre.

78 **TINTORET.** Un Solitaire. Vigoureux dessin au bistre.

79 **TITIEN.** Réunion de Bergers. A la plume.

80 — Fuite en Égypte. A la plume.

81 **UDINE** (Jean de). Sujet mythologique. — Figure dans une niche. 2 croquis à la plume.

82 VÉRONÈSE (PAUL). Entrée de Charles VIII à Florence. A la plume.

83 — Groupe de figures. Études pierre d'Italie.

ÉCOLE FRANÇAISE

84 AUBRY. Allégories : l'Ambition, l'Amour, l'un céleste, l'autre infernal ; la Foi, l'Espérance, la Folie, l'Orgueil, la Colère, le plus fidèle Ami, En vain contre les arts ce vil roquet s'escrime. 10 dessins à l'encre de Chine.

85 — Les Caractères : Dévote, Indifférente, l'Innocence, Prude, la Pudeur, Femme à sentiment, la Bêtise, Brutal, l'Important, Loyal, Nigaud, la Paresse, Tartuffe, la Vanité. 15 dessins à l'encre.

86 — Les Sentiments : Savante, vrai Philosophe, Calomnie, Tendresse maternelle, l'Instinct, vrai Bonheur, l'Amitié, Assaut de célébrité, la Candeur, Espérance, Tentation, etc. 15 dessins à l'encre.

87 — Vices et Vertus : la Fierté, Terreur, Ivrogne, Filou, Caillette, Colère, Curieuse, la vieille Zélie à sa toilette ; Je pense, je suis ; Satiété, Égoïste, Embarras du choix, Fanatisme, Malheurs de la jeune Lise. 15 dessins à l'encre.

88 — Métiers de Paris : Gagne-petit, Vinaigrier, Beau raisin, Peau de lapin, Poissonnière, les Nouvelles, Laitière, Chaudronnier, A l'eau ; Oignons ; carottes ; Harengs saurs, Vieux habits, galons, Marchand de chansons, Fort de la halle, etc. 18 dessins à l'encre.

89 — Costumes et Caricatures sur la République française : Supléant aux barrières, Président d'un comité après la levée d'un scelé, Visite domiciliaire, Rentier 1795, Citoyen 1792, Citoyen et Citoyenne 1795, l'Indépendance, Costume de l'an V, Déclaration d'amour, Dame en costume Talien très-gracieux, le Peuple qui voit toujours mal, Égalité, Liberté, Trésor national. 14 dessins curieux à l'encre.

90 — Angélique et Médor, des Fleurs à vendre, les Regrets, Dévote après le sermon. 4 aquarelles.

91 BEVALET. Charrette attelée et son conducteur. Étude sanguine.

92 BIENAIMÉ. Flore dans une niche, décoration d'architecture. Aquarelle.

93 BOILLY. Jeune Homme assis. Crayon.

94 BOISSIEU. Vieillard assis endormi, mine de plomb.

95 BONINGTON. Vue de Breslau. Au bistre.

96 — Parc avec cerfs près de l'eau. Aquarelle.

97 — Portrait d'un ministre prédicant. Aquarelle.

98 — Intérieur : une femme chante en pinçant de la mandoline. Sépia.

99 BOUCHARDON. Renommée sur le monde. Lavée au bistre et blanc.

100 BOUCHER. Femme nue couchée vue de dos. Sanguine.

101 — Vénus couchée et l'Amour. Sanguine.

102 — La Femme au berceau. Croquis sanguine.

103 — Deux Femmes déshabillées dans une alcôve. Rehaussé de blanc.

104 BOUCHER. Jeune Bergère. Crayon noir.

105 — Tête de jeune Fille. Crayons noir et rouge.

106 — Tête de jeune Fille. A la pierre noire.

107 — Madeleine, en pied. A la sanguine.

108 — Génie endormi. Mine de plomb.

109 — Scène de Molière, in-4. A l'encre de Chine.

110 BOUCHER (École de). Bergère assise. Crayon.

111 — Dessus de porte avec enfants jouant avec une chèvre. Crayon.

112 CARMONTELLE. Portrait de Diderot. Crayon noir.

113 CASANOVA. Groupe d'animaux prêts à partir pour le marché. Crayons noir et blanc.

114 CHARDIN. La Récureuse. Étude à la sanguine.

115 — Plumeau, torchon et brosse sur une table. Habit et culotte pendus. 2 sanguines.

116 CHARPENTIER. La Mère et l'Enfant. Joli dessin à l'encre.

117 CLAUDE LORRAIN. Paysage au bistre.

118 — Paysage à la pierre d'Italie.

119 COCHIN. Portrait de Lameth en municipal.

120 — Lekain, rôle de Jason. Aquarelle sur trait gravé. — Deux petits croquis.

121 — Portrait de Mme de Graffigny, profil grandeur naturelle. Crayon noir.

122 COCHIN (École de). Portrait de Lafayette. — Robespierre. 2 sanguines.

123 DELACROIX (Eugène). Groupe de jeunes lionceaux. A la plume, lavé d'encre.

124 DESFRICHES. Paysages. Chaumières. 2 p.

125 DESRAIS. Enfant jouant au ballon. — Promenade d'un Abbé avec une Dame. — Figure d'Homme. 3 p. à l'encre.

126 DE TROY. Tête de Flore. Sanguine.

127 DEVERIA. Le comte de Forbin. Aquarelle.

128 DREUX (ALFRED DE). Partie de campagne. Joli dessin à l'encre de Chine.

129 DROUAIS. Les Jeux de l'enfance. A l'encre de Chine.

130 — Le comte d'Artois, enfant, à cheval. Croquis sanguine.

131 ÉCOLE DE FONTAINEBLEAU. Naissance de saint Jean, intérieur avec nombre de figures. A la plume et pierre bleue.

132 — Vénus et des Amours. Petit dessin à la plume rehaussé de blanc.

133 ÉCOLE FRANÇAISE XVe SIÈCLE. Étudiants chevauchant à la plume.

134 ÉCOLE FRANÇAISE, XVIe SIÈCLE. Portrait de Catherine de Médicis. Crayon noir sur vélin.

135 — Scène théâtrale. Plume et sanguine.

136 — ÉCOLE FRANÇAISE, XVIIIe SIÈCLE. Maîtresse d'école. Au bistre.

137 — Portrait de Danton. A l'encre de Chine.

138 ÉCOLE FRANÇAISE. Panneau arabesque. Aquarelle.

139 EISEN. Saint Jean-Baptiste, in-8. Crayon ; a été gravé.

140 — Groupe d'Amours avec le char de Vénus.

141 — Groupe d'Amours : les Arts.

142 FRAGONARD. Les Pêcheuses. Croquis aquarelle.

143 — La Méditation. — La Toilette du soir. 2 très-petits dessins au bistre.

144 — Halte de chasse. — Paysage. 2 dessins.

145 — Vue de Versailles. Aquarelle.

146 FRAGONARD (École de). Trois Amours avec cartouches. A la mine de plomb.

147 — Trois Amours avec cartouches contenant des portraits. Au bistre.

148 — Petit Amour dansant. Aquarelle très-petite.

149 — Jeune Fille tenant un nid. Plume et encre.

150 GAINSBOROUG. Portrait de Winkelman, en pied. En bistre, in-fol.

151 GILLOT. Têtes, aux trois crayons, des Acteurs de l'ancienne Comédie italienne. 4 dessins.

152 GOUJON (Jean). Études de Femmes couchées. A la plume, au trait, vues devant et derrière.

153 GRANET. Intérieur de Cloître. Croquis à l'encre.

154 GREUZE. La bonne Grand'Mère ; largement lavé à l'encre de Chine, ovale. Dessin capital in-fol.

155 — La jeune Mère. A l'encre de Chine.

156 — Le petit Glaneur. A l'encre de Chine.

157 — L'Innocence, deux Enfants nus qui s'approchent d'un Serpent. Petit dessin à l'encre.

158 — Portrait de Bonaparte, capitaine d'artillerie, in-4. A l'encre de Chine.

159 — Tête d'expression : jeune Fille. Crayon noir et rouge.

160 GREVEDON. Jeune Fille assise. Crayon noir.

161 GRIMOUX. Portrait d'une jeune Femme. Aux crayons de couleur.

162 GROS (Baron). Cérémonie du Mariage du duc d'Angoulême. Au bistre.

163 GUERIN (F.). Une Vestale. Au crayon noir, très-fin.

164 HEIM. Études de Figures. Sanguine. 8 p.

165 HUET. Petit Dessin d'oiseaux. 8 aquarelles.

166 — Paysage avec ferme et rivière. Au crayon.

167 — Femme dans une étable. Au bistre.

168 — Fontaine de Versailles. Mine de plomb.

169 INGRES. Jupiter et Junon. Esquisse du tableau du Musée d'Aix.

170 — Charles X en manteau royal. Dessin à l'encre pour le tableau de M. de Fresne.

171 — Massacre des Innocents. Croquis à la plume.

172 KAUFFMAN (Elisa). Jeunes Filles portant des fleurs. Grand dessin, crayon noir.

173 LAGRENÉE. Bacchanale. Mine de plomb. — Enfant. Sanguine, 2 croquis.

174 LALLEMAND. Promenade publique. Esquisse à l'encre.

175 LAMI (Eugène). Batailles. 2 petits dessins, bistre.

176 LAWRENS. Paysage à la pierre bleue.

177 LE BRUN. Funérailles antiques. Crayon noir.

178 LEBRUN (Vigée). Deux jeunes Filles. Petit croquis à la plume.

179 LECLERC (S.). Marché Saint-Eustache. A l'encre de Chine.

180 LECLERC. Les Troubles de la guerre. A la plume, lavé d'encre; allégorie.

181 LECOEUR *delineavit*. Jeune Garçon à cheval. Plume, teinté d'aquarelle.

182 LEDOUX (Mlle). L'Oiseau mort. Grand dessin aux crayons noir et rouge.

183 LELOIRE. La Charité, intérieur. A l'encre.

184 LEMIRE. Figures allégoriques pour fronton ou plafond. A l'encre de Chine.

185 LENAIN. Petit Enfant endormi. Crayon. — Tête d'âne. Sanguine. 2 p.

186 LEPICIÉ. Napoléon dormant sur le bastingage du *Bellerophon*, appuyé sur M. Las-Caze. Sanguine.

187 — La Mère et l'Enfant près du feu. Croquis.

188 LE PRINCE. Napoléon, à cheval, demande son chemin. Beau paysage au bistre.

189 — Famille russe écoutant un joueur de flûte. Petite aquarelle.

190 MASSON. Portrait d'un Magistrat (c'est le portrait de Michel Le Tellier, qui a été gravé par Nanteuil). Crayon noir très-fin.

191 MEISSONNIER. Tête de Vieillard. Sanguine.

192 MENVELLE. Beaute de Saint-James, jolie femme de profil. Crayon noir et rouge.

193 MOREAU. Intérieur de salon avec figures. Aquarelle.

194 — Visite au château. Vignette in-8; à l'encre.

195 — Vestibule d'un palais. Mine de plomb et bistre.

196 NATTIER. Mme de Tencin. Gracieux portrait à la mine de plomb.

197 NICOLE. Vue de Ruines. — Vue d'une Rue. Charmant dessin à l'encre de Chine, forme ronde. 2 p.

198 OUDRY. Paon, Coq, Poule et ses Poussins. — Étude de trois Femmes. 2 p. Crayon noir et blanc.

199 PARROCEL. Bohémiens. Esquisse à l'encre.

200 PATEL. Paysage. Crayons noir et blanc.

201 PETIT (Savinien), grand prix de Rome. Fragments du Jugement dernier de Jean Cousin. Joli dessin à la plume, au trait.

202 PILLEMENT. Effet de lune. — Cascade de forme ronde. 2 dessins, crayon noir.

203 POUSSIN (N.). Jupiter et Mercure reçus chez Philémon et Baucis. Au bistre.

204 — Vue du Forum. Au bistre.

205 — Testament d'Eudamidas. Au bistre.

206 — Scène biblique. Au bistre.

207 — Quatre Croquis à la plume.

208 PRUDHON. Énée quitte Troyes avec sa famille. A l'encre de Chine.

209 — Femme couchée. Crayons noir et blanc.

210 — La Charité, femme et trois enfants. Crayons noir et blanc.

211 RAOUX. Jeune Fille en pèlerine. Joli dessin aux trois crayons.

212 — Joueuse de flûte, goût de Watteau. — Joueur de cornemuse. 2 p. plume, lavé.

213 ROBERT (Hubert). L'Abreuvoir. Bistre teinté de couleur. — Campagne de Rome. Au crayon. 2 p.

214 SAINT-AUBIN. Intérieur avec deux dames costumées. Sanguine. — Enfant, croquis. Crayon.

215 VALIN. Bacchante nue couchée et des Bacchants. Joli dessin très-léger, lavé à l'encre.

216 VANLOO. La Musique. Belle sanguine.

217 WATTEAU (Ant.). Paysage rustique avec figures. Crayon.

218 WATTEAU (de Lille). Jeune Dame dont le chien tire la robe, croquis. Mine de plomb.

219 — Études d'Hommes, à la mine de plomb. 22 costumes.

220 VERDIER. La Vie de Jésus. Suite importante de 19 dessins in-4, à l'encre, rehaussé de blanc.

221 VERNET (J.). Marine. Aquarelle. — Autre au crayon. 2 p.

222 **École flamande**. Compositions, Figures, Paysages, etc. A l'encre de Chine et autres. 44 p. Sera divisé.

223 **École italienne**. Sujets divers. A la sanguine, crayon, etc, 45 p. Sera divisé.

224 **École française** des Maîtres des XVIIe, XVIIIe siècles et modernes. 99 p. Sera divisé.

Renou et Maulde, imprimeurs de la Compagnie des Commissaires-Priseurs, rue de Rivoli, 144. 13197

VENTE

HOTEL DES COMMISSAIRES-PRISEURS

Salle n. 7, au 1er Etage,

SAMEDI 9 MAI 1868

Après la vacation de Dessins

BELLES ESTAMPES

Anglaises et Françaises

ENCADRÉES.

1. **LE CHRIST AUX ANGES**, par Edelinck, d'ap. Lebrun.
2. **BONAPARTE** à la Malmaison, par Godefroy.
3. **WASHINGTON**, par Laugier, sur chine.
4. **COURONNEMENT** et **MARIAGE** de la reine d'Angleterre, d'ap. Hayter. 2 très-belles p. Beaux cadres.
5. **PRINCE DE GALLES**, prince Alfred et princesse Hélène, d'ap. Winterhalter. 2 pendants.
6. **THE CRICKET MATCH**, par Philippe. Grande et très-belle.
7. **DÉCLARATION** de l'indépendance des États-Unis, par Jazet.
8. **CHERBOURG**, Panorama colorié, Souvenir de la visite du prince Napoléon.
9. **PRINCE IMPÉRIAL**, par Léon Noël, d'ap. Winterhalter.
10. **COSTUMES BRETONS**, coloriés d'ap. Deshays. 2 pendants.
11. **ÉTUDE** de la Smala, d'ap. H. Vernet.

ESTAMPES

ET LITHOGRAPHIES EN FEUILLES

112. **VERNET** (D'ap. C.). Le duc de Berry à cheval, par Jazet. Grand in-fol. avant la lettre. — Enfant gardant du gibier, d'ap. R. Fleury. 2 p.

113. **ALBUM.** Vues de Paris de Chamouin, Daguéréotype Lerebours et Lithog., Vues de France, etc. 93 p., demi-rel.

114. **ALBUM.** Vues de Paris, France et Étranger, Daguéréotype Lerebours. 115 p. gélatinées, demi-rel.

115. **VUES** en ballon, à vol d'oiseau, Paris, France, Angleterre, Italie et autres. 118 p. gélatinées. Sera divisé.

116. **VUES** d'Angleterre, 27 p. gélatinées. Amérique, le Niagara, 24 p. Portraits, etc. En tout 74 p. Sera divisé.

117. **LA FRANCE** en miniature, 229 p. coloriées dont 22 gélatinees.

118. **MUSÉE DE COSTUMES.** France, 112 p. Alger, Espagne, Turquie, Russie, 112 p. dont 88 gélatinées. En tout 224 p. Sera divisé.

119. **PORTRAITS** lithographiés. Célébrités diverses, environ 200 p. Sera divisé.

Me QUEVREMONT, Commissaire-Priseur

Rue Richer, n. 46

Assisté de **M. VIGNÈRES,** marchand d'Estampes, rue de la Monnaie, 18

A L'ENTRESOL, ENTRÉE RUE BAILLET, 1.

13693 Paris. — Typographie et Lithographie de Renou et Maulde, rue de Rivoli, 144.

VENTE

HOTEL DES COMMISSAIRES-PRISEURS

Salle n. 7, au 1er Etage,

SAMEDI 9 MAI 1868

Après la vacation de Dessins

BELLES ESTAMPES

Anglaises et Françaises

ENCADRÉES.

1. **LE CHRIST AUX ANGES**, par Edelinck, d'ap. Lebrun.
2. **BONAPARTE** à la Malmaison, par Godefroy.
3. **WASHINGTON**, par Laugier, sur chine.
4. **COURONNEMENT** et **MARIAGE** de la reine d'Angleterre, d'ap. Hayter. 2 très-belles p. Beaux cadres.
5. **PRINCE DE GALLES**, prince Alfred et princesse Hélène, d'ap. Winterhalter. 2 pendants.
6. **THE CRICKET MATCH**, par Philippe. Grande et très-belle.
7. **DÉCLARATION** de l'indépendance des États-Unis, par Jazet.
8. **CHERBOURG**, Panorama colorié, Souvenir de la visite du prince Napoléon.
9. **PRINCE IMPÉRIAL**, par Léon Noël, d'ap. Winterhalter.
10. **COSTUMES BRETONS**, coloriés d'ap. Deshays. 2 pendants.
11. **ÉTUDE** de la Smala, d'ap. H. Vernet.

ESTAMPES

ET LITHOGRAPHIES EN FEUILLES

12. **VERNET** (D'ap. C.). Le duc de Berry à cheval, par Jazet. Grand in-fol. avant la lettre. — Enfant gardant du gibier, d'ap. R. Fleury. 2 p.
13. **ALBUM**. Vues de Paris de Chamouin, Daguéréotype Lerebours et Lithog., Vues de France, etc. 93 p., demi-rel.
14. **ALBUM**. Vues de Paris, France et Étranger, Daguéréotype Lerebours. 115 p. gélatinées, demi-rel.
15. **VUES** en ballon, à vol d'oiseau, Paris, France, Angleterre, Italie et autres. 118 p. gélatinées. Sera divisé.
16. **VUES** d'Angleterre, 27 p. gélatinées. Amérique, le Niagara, 24 p. Portraits, etc. En tout 74 p. Sera divisé.
17. **LA FRANCE** en miniature, 220 p. coloriées dont 22 gélatinées.
18. **MUSÉE DE COSTUMES**. France, 112 p. Alger, Espagne, Turquie, Russie, 112 p. dont 88 gélatinées. En tout 224 p. Sera divisé.
19. **PORTRAITS** lithographiés, Célébrités diverses, environ 200 p. Sera divisé.

Me QUEVREMONT, Commissaire-Priseur

Rue Richer, n. 46

Assisté de **M. VIGNÈRES**, marchand d'Estampes; rue de la Monnaie, 13

A L'ENTRESOL, ENTRÉE RUE BAILLET, 1.

13693 Paris. — Typographie et Lithographie de Renou et Maulde, rue de Rivoli, 144.

Me QUÉVREMONT, Commissaire-Priseur, Rue Richer, 46,

Compte de la vente [illegible] vignères

faite [illegible]

le 7 [illegible] 1868

	1° Produit de [illegible]			1335	75
	5 %			82	80
				1.738	55
	Les sommes [illegible]				
	à déduire [illegible]				
	1° Insertion au mont. des [illegible]	7	50		
	2° affiches	29	25		
	3° [illegible]	1	»		
	4° ~~[illegible]~~	~~4~~	»		
	5° [illegible]	2	»		
	6° [illegible] à la vente	20	»		
	7° Enregist.	40	48		
	8° timbre [illegible]	3	»		
	9° Droit de [illegible]	105	»		
	10° hommes de peine [illegible]	5	»		
	11° [illegible] à l'[illegible]	3	»		
	12° [illegible]	21	10		
	13° [illegible]	4	»		
		241	33	295	33
				1.443	22

	1443, 22.
[illegible] Viguière	340 05
[illegible]	1.0[illegible]3 [illegible]

255e De Valois 9 Mai 1868.

2 Blaenberg	Schaffer	. 21		.
8 Dyck	de Malcy	. 5		.
9 E. allen	Schaffer	. 2		.
10 Knop.	Schaffer	. 12		.
38. E. [illegible] Cromwell	Schaffer	. 40		.
50 Firm	Palla	. 3		.
66 De Leonard	de Valois	. 30		.
81 Udine	Forgel	. 2		.
84 Auburg	de Valois	. 16		.
89 — Caricature	St Albin	. 61		.
115 Alexandre		6		.
128 Dreux	Palla	. 9		.
132 Fontainebleau	Palla	. 7		.
135 Chataleh	Palla	. 1	50	.
150 Gombeorang	Marquaire	. 16		.
154 Grange	Acher	. 30		.
156 — Glaneur	Acher	. 11		.
159 — tete	Acher	. 5		.
160 Grevedon	Marquaire	2		.
172 Kauffman	Forgel	. 6		.
187 l'espérie	Forgel	. 4	50	.
200 Patel	Palla	. 7	50	.
203 Poussin	Forgel	. 15		.
218 Dannecker	Forgel	. 3		.
224 Div. 4 dessins	Marquaire	. 8		.
Suppl. 15 Div. 15 pieces [illegible]		4		.
8 portraits		2		.
50 portraits		3	50	.

Produit			1459	25
5%			72	95
Moniteur de vente	7	50		
affiches & affichage	93	25		
declaration	2			
Vente & Crieur	20			
Enregistrement	40	48		
Timbre	3			
Com. Priseur Bt Com.	95			
Commissionnaire	5			
location de salle	21	10		
400 Catalogues	54			
Moniteur universel 2 Mai	6			
affiches Poste cat.	5	80		
et distribution à Paris	10			
transport à l'hotel	2	50		
4 Mains [illegible]	5			
retour [illegible]	1			
Honoraires de [illegible]	145	90	457	53
			1074	70
66 [illegible]	30			
84 [illegible]	16			
	46			
	2	30		
Bordereau [illegible]	112	35	160	65
			914	05

10% [illegible] 165 [illegible]
1535 [illegible]
[illegible] 1642
1512 [illegible]

www.ingramcontent.com/pod-product-compliance
Ingram Content Group UK Ltd.
Pitfield, Milton Keynes, MK11 3LW, UK
UKHW020532180726
13839UKWH00005B/2461